句集

流影

田村正義

本阿弥書店

句集　流影＊目次

装幀　大友　洋

句集　流影

田村正義

冬の幹

平成二十七年

暗やみに足踏み替へて初日待つ

あらたまのこゑ落としゆく山の鳥

澄雄・兜太されど楸邨初湯浴ぶ

もの思ふときの眼を置く冬の幹

炉話に耳澄ましゐる木もあらむ

雪漕いで確かめにゆく仕掛け罠

ゆつくりと貝噛み雪を眺めをり

突き指のうづきをひたす寒の水

八戸　えんぶり　四句

夜の焚火かこみ奉納えぶり待つ

一番札かかげえぶりののぼり旗

ののんのんと雪呼ぶ長のえぶり唄

降る雪を烏帽子で払ひえぶり摺る

ふところに猫の子を入れ手酌爺

つがる野は雪といふ日の雛飾る

あかときの高枝にあそぶ懸り凧
ねむりにも春あけぼのの雀ごゑ

出雲　四句

神の名を振り仮名で読む青出雲

日傘より辞儀をいただく大社みち

くつさめのあとの耳鳴り木下闇

出雲路にしづめの雨や扇子閉づ

夏虻にひろびろとある馬の尻

壮語また涼しく句座の卒寿びと

百年後も涼みてゐたき胡桃の木

影はまだ人のかたちの端居かな

八戸　三社大祭　四句

早起きの女の子に祭衣裳待つ

赤鬼と武者迫り上がる祭山車

塩舐めて祭太鼓にもどりゆく

をみな子の地の影も吹く祭笛

がに股のちちを迎へる盆の家

父のごと魂棚と夜を深めをり

にぎやかに箸を汚して盆座敷
送り火の夜闇に深き礼をなす

甲田嶺に夕日を止め稲を刈る

留守役に新米といふにぎり飯

外し置く眼鏡のなかも夜長なり

南部牛追唄の出てこそにごり酒

小春日の詩は鉛筆をこぼれ出づ

ふくろふを遠祖のやうに語る人

身の内のわれと霜夜を語りをり

人混みの中より抜けて来る落葉

はつゆきをながめて朝の薬嚙む

振り向けば妻も振り向く冬夕焼

葱提げて西空をひとあゆみをり

木立よりひと湧き出づる除夜詣

涅槃図

平成二十八年

しばらくはひかりと遊ぶ初雀

宝船敷いてぶらりと夢に入る

あぐら居の父御座すごと鏡餅

大椙に咲くごと炎立ちにけり

鳥の影ゆつくり過ぎる樹氷帯

地吹雪を来し身箒で払はるる

凍滝のうしろにあそぶ水の音

沢庵の至福の音を嚙みゐたり

つつがなく春来て鍬に楔打つ

引鴨に羽搏つちからや龍飛崎

越の酒干鱈もあるといふ誘ひ

涅槃図をひと退りして正座婆

葱に花銃の重さを知らず老ゆ

東雲を吹雪く如くに渡り海猫

朧夜の耳鳴り魑魅棲むごとし
放埒に酔ひたしさくら満開に

心まで老いてはならじ衣更ふ

木に涼み木と話しゐる博道忌

笹舟にわが形代の追ひつけず
粗に密に星の撒かれし楸邨忌

海鞘食うて前頭葉を軽くせり

いくさ場といふ句座人の古扇

翡翠が飛んで必死に影が添ふ

夕日見て賢者のごとし羽抜鶏

秋澄んでつぶての鳥を遥かにす

何もせぬ手をまたあらふ敗戦忌

いきいきと老いの散りゆく茸山

縁に茸木の枝に籠を干してあり

奥山を知り尽くしたるきのこ籠
いびつなる林檎なれども蜜豊か

影添へばひとりにあらず月の道

夜寒さを言へば齢を問はれけり

甥の婚儀　富山他　四句

越中の澄みたる空にブーケ舞ふ

秋爽のしろえびふふむ嘉事の膳

鼻さきに美濃の闇置き柿を食ふ

しづけさの木曾路に仰ぐ渡り鳥

腕組んで焚火の始末見てゐたり

だまつてはをれぬ霜夜の楸邨論

沢庵石家霊のごとく棲みゐたり

着膨れてとめどなかりし死生論

煤逃げの古肆に蛇笏を掘り出せり

楽譜なきゆゑいきいきと虎落笛

人はみな枯野に影を捨てて逝く
うぶすなの雪嶺に喩へたる弔辞

蛇の衣

平成二十九年

かしは手の一つ多かり春着の子

あら玉のごつい握手を貰ひけり

飾られて土も喧嘩も知らぬ独楽

蜜のごとき眠りをたまふ寒の入

生家跡ふかぶかと雪あるばかり

かなしみも詩となる不思議寒茜

句の話となれば白息ゆたかなり

ほとけには花を絶やさず寒日和

釘ゆるぶごとく春立つ陸奥の国

そちこちに円座の形木の根開く

はるのゆき見てをり新聞休刊日

いきいきと野火を叩いてゐる漢

真つ黒な棒を突き刺し野焼終ふ

末黒野の小石をひろふ老いの役

水鳥の影まで連れてかへりけり

さみしさは臍にあつまる朧の夜

下駄の音かろしをみなの夏来る

剝がれ落ちし木瘤のやうな蟾蜍

草笛を噛んでしまひし憤《いか》りかな

尻尾まできれいに抜けて蛇の衣

緑蔭の手話花びらのごとく舞ふ

口開けて喜雨を浴びゐる畦の人

竹夫人無くもあつさり眠り落つ

黙禱に日傘をたたむヒロシマ忌

青森　佞武多　四句

姿見を佞武多衣裳の来てふさぐ

はや跳ねて出陣を待つ佞武多衆

跳人たち福撒くやうに鈴こぼす

小鉤みなゆるめて憩ふ跳人たち

京都　四句

草も木ももみづり初めし鞍馬口

水占にかがみて秋の貴船びと

六波羅をさらりと濡らす秋時雨

映るもの拒まず水の澄みゐたり

姉逝く　四句

朝月の色うすうすと姉逝けり

霧ごめの念珠つめたき逮夜経

草の穂を啌へ遠目に火葬待つ

寝ねがての月夜に開く歎異抄

人亡くて謐かな冬を迎へけり

津軽野に枯れの広がる千空忌

汐荒れの舟板ならべ風垣組む

雲になる夢捨て切れぬ木守柿

年寄のこだはり炭を組み直す

ふらり来て三人となりし冬桜

海老寐して夢深々と勇魚追ふ

冬至湯に眼鏡を洗ふ千蔭の忌

穴子舟

平成三十年

傘寿より半身はほとけ年酒享く

紙飛行機とばしてみたき初御空

ふくさ藁踏ませて貰ひ塗師訪ふ

本性の気になる人のふところ手

妻の方へ転がり寒卵割られけり

銃あらばみづとりのみな射程内

一羽翔ち投網びらきに鴨ら翔つ

この冬を抜け出せさうな縄梯子

魚は氷に雲に軽さのもどりけり

やまなみに春を告げゐる鳶の笛

一つづついのちを抱へ鳥帰る

春風をいきいきと来る地獄耳

陽炎とたましひどちら軽からむ

わだつみと引き合ふ海の上の凪

ふだらくの旅へはなびら筏組む

をみなにも出会ふさくらの男坂

衣更ふたびに白髪を濃くしたり

どの田にも雨ゆき渡る太宰の忌

蟇鳴いてみちのくの闇大きくす

ひとの世を手ぶらで通る碧揚羽

海鞘汁を啜り余生のちからとす

ふつくらと時をかかふる青葉槻

血の滾る主張もなくて夕端居

月満ちてともづなほどく穴子舟

鮭簗のしぶきをかこむ合羽衆

驚きのまなこ大きく鮭打たる

棒の滑り拭いて鮭打つ川漁師

鮭簗の仕舞のけむり太く立つ

魂のごと睦みただよふ草の絮

国敗れてよりの豊かさ蝗跳ぶ

屑籠より取り戻したる蝗の句

病にも歳にも触れず新酒酌む

弥彦　四句

よきこゑの小鳥もゐたり弥彦宮

田仕舞の越後のひとと同じ湯に

しばらくは雲を見てゐる紅葉谿

佐渡はいま秋夕映えの鴇のいろ

ははの夢過ぎし枕の木の葉髪
笹鳴きや妣の生地に道を問ふ

籠を編む竹しならせて冬日向

綿虫に問ふ間もなくて見失ふ

ひとごゑの泰し濃くなる冬霞

初雪を掃かず眺めて夫婦老ゆ

うしろ手で会ふ白鳥の真正面
晩歳にまた歳積んで年を守る

夜の朧

平成三十一年・令和元年

手掴みにしたき星見て初日待つ

わだつみの放り上げたる初日燦

鳶の輪を眺め年酒の座にゐたり

退屈を顔にしてゐるふところ手

よく笑ふ老婆ふたりの日向ぼこ

老いゆくは病むにも似たり冬籠

蹄で掘り雪下の草を野馬が食ふ

寒立馬の咬み傷深きみさきの木

地に描いて馬の雪形子に教ふ

腰落とし犬の見てゐる帰白鳥

にんげんに忘れ癖あり山笑ふ

春雨のひかりの中にゐる余生

桜見に行きしか仏間開いてをり
憤りの虫臍にしづまる夜の朧

部屋替へてみても春愁抜けられず

消しゴムの屑となりたる春蚊の句

打首を待つごと泉のぞきをり

津波禍の町にもどりし夏帽子

人の世に迷へば虹の立つ方へ

老いゆくは私ごとぞ夜の端居

大緋鯉志功の画布に跳ねゐたり

氷菓舐め小さくうなづく千空論

約束は無けれど闇にほたる待つ

ヒロシマ忌禱りびとより多き魂

八戸　加賀美流騎馬打毬　四句

騎馬一団打毬たすきの鬨のこゑ

騎馬打毬揉み合ふ砂塵の中に毬

騎馬打毬逸れたる毬が草に消ゆ

はや寝落つ馬銜を解かれし祭馬

金沢　四句

加賀手毬転がる茶屋の秋日差し

真つ向に月のぼり来る治部煮膳

加賀言葉松の手入れの塀越しに
手に紅葉妻のあとゆくあかり坂

弟逝く　四句

なきがらに病みし疲れや秋灯し

病むよりも死は寧からむ星月夜

すすき野の奥にはこばれゆく柩
挟み合ふ骨の白さの穂絮ほど

亡きひとの便りのやうな小春雲

猫のゐるところが冬の日向なり

ゆゑもなく耳澄ましゐる霜月夜

冬木の名思ひ出すまで仰ぎをり

心地よく喉すべりゆく陸奥海鼠

子守唄聞かせをみなが葱かこふ

雪の夜のしづけさに立つ仏の火

去る年を追はず眠りの夢に入る

緑樹海

令和二年

お降りの雪を落花のごとく浴ぶ

をみな文字美しき誤配の年賀状

読初は栞で分かつところより
花のごと深みにねむる寒緋鯉

海鼠舟舳先ならべて凪を待つ

酔ひどれに顔舐めらるる雪達磨

炉火あかり漢の影を大きくす

羽化を待つ時にも似たり冬籠

甲田嶺の雪たつぷりと春迎ふ

獅子頭かるがる歯打つ春祈禱

穴出でしばかりの蟻や顔拭ふ

暖かき雨に濡れたく途中下車

逃水は摑み損ねし詩のごとし
夕映えのしづくの如く帰る鳥

根の国の水を吸ひ上げ桜満つ

誰か来る鏡のなかのおぼろ道

菖蒲湯に男の子のきそふ力瘤

父の忌の五月の星座みな揃ふ

英霊の遺書もあるらむ落し文

瀬を渡る蛇全長を知られけり

指笛にゆびぶえこたふ緑樹海
次の世へ恍惚と滝落ちてゆく

八戸　対泉院　二句

蚊柱を払ひつつ読む飢餓碑文

飢餓碑文なぞる如くに蜘蛛歩む

扇閉ぢ小さくうなづく癌告知

鬱しばし置き夕立を眺めをり

放射線照射につかれたる昼寝

癌血筋継ぎて臥す汗拭はるる

われ待つかに小舟を舫ふ天の川

蛇穴へわれらは死後を語りをり

いろいろの木の実を蒐め長湯治

凭れゐてひぐらしと幹共にせり

庭下駄に風の置きゆく草の絮

青空を瑕つけず猪撃たれたり

師恩にも似たる温もり今年米

岳が吐く雲も秋意を深めけり

母の忌を啜りぬくもる干菜汁

夜咄は昨夜の咄を継ぎゐたり

あかときの浜に沖見の頬被り
鱈船を神輿のごとく揉む波濤

鱈割きし白子双手に溢れ落つ

海鳴りの夜を鱈汁かこみ食ふ

フルネーム出て来ぬ人の耳袋

狐火の二つ逢瀬のごときなり

春の塵

令和三年

去年今年闇重からず軽からず

老婆には手毬なけれど手毬唄

韃靼の空見てゐたり初めざめ

ひとの世にたつぷり浸り薬喰

雪掬ひ顔の憤りをぬぐふなり

波濤より魚を引き抜く尾白鷲

死に順を待つごと焚火囲みゐる

さすぺんすどらまの前の厚着妻

箸置いて春のどか雪見てゐたり

梅咲いて鮫をあそばす兜太の忌

千手観音一手も春の蚊を打たず

朧夜の言葉をあつめひとり句座

天網を抜けしかひばり見失ふ

骨灰も混じりてをらむ春の塵

朝ざくら川舟ひそと舫ひあり

ゆく春をゆつくり通す陸奥の国

早苗待つ田に山影のさざなみす

津軽野に早苗の戦ぐさかえの忌

金鮎はしらかみ育ち串を打つ

蕗の葉に分け合ふ昼餉蕗取女

ほたる待つ木橋を残し村滅ぶ

草笛のあれは昭和のいくさ唄

鮎釣って夕日と瀬音残しゆく

赤松をうしろに涼む太穂句碑

津軽路に日傘を羽根のごと開く

不老不死の湯壺に通ふあかざ杖

句論には勝ちて扇を忘れ来し

コロナ禍に籠り手ぐさの蠅叩

手を額に記憶を辿る秋はじめ

魂棚のははかと思ふかぞへ唄

盆の夜に忘れ風鈴鳴りゐたり

鰻屋にひとり酌みゐる生身魂

澄雄忌の秋の扇となりにけり

誰ともなく来ては佇む水の秋

胡桃二つ楽器の如く置かれあり
こころにも欲しき円かさ後の月

小春空たしかめゆつくり鯉沈む

煩悩の葉をみな落とし胡桃の木

林檎畑守るふくろふの眼が二つ

ひとり居の眼に遊ばする冬の蠅

鮟鱇を待つ釣り鈎の宙にあり

鮟鱇を捌きし出刃を雪に刺す

しはぶきを拳で抑へ余生にゐ

除夜の鐘七つはうつつ後は夢

時雨虹

令和四年

コロナ禍の鬱を引き摺り年迎ふ

初夢をにぎやかにしてみな故人

橙にひとつ葉詩歌を添へしごと

大雪に埋もれず澄める家郷の灯

たましひの形に海鼠置かれあり

のぼりゆく勢ひが羨し寒の月

妻が来て長居となりし日向ぼこ

遠目して落葉松はみな春を待つ

立春の鳥はひかりをまとひ飛ぶ

闘鶏に作務衣の僧のふところ手

啓蟄の土しつとりと濡れてゐる

土間濡らし料亭に入るさざゑ籠

きたぐにはよき国ならむ鳥帰る

この星の明日を信じて蝌蚪に脚

日照雨来て雀隠れをすずめ翔つ
鷲摑みに食らふ出掛けの草の餅

手庇に青嶺まぶしみ人の訃へ

焼香のあとの眼すすぐ青葉風

どこまでがわが歳月や衣更ふ

をみなごと違ふ吃水ぬなは舟

楸邨に問ふごと雲の峰に問ふ

まだ生きてゐたかと笑ふ梅雨鯰

腰伸して岳に息継ぐ田草取り

羽衣のやうに吹かるる蛇の衣

喫ひ終へて虫の闇去る漢かな

わが詩歌に欲しき狂気や初嵐

虫籠をすこし離して眠り待つ

なにせんと荒縄にぎる秋の暮

城跡の深井をのぞく秋あきつ
いさり火の沖に帯なす十三夜

星流る戦火の星を振り向かず

にんじんをかじり漢の畑仕舞

カラヤンを流して冬に入りゆく

コロナ禍に痩せゆく街や時雨虹

居直りしごとき余生や海鼠食ふ

つぶやきに洩らす本音や落葉掻

冬木の影しづかに人を通しけり

みさき舞ふ影絵のごとき尾白鷲

底冷えの胡坐居に置く猫が欲し

待つものもなくて文焚く年の暮

青藁の丈をそろへて注連を綯ふ

余生にも尽きる日あらむ年一夜

あとがき

本句集『流影』は『水輪』『玄天』『草煙』につづく第四句集に当たる。平成二十七年から令和四年までの作品三百五十句を収めた。句集名の『流影』は、時の流れに己れの影を置いた風景に見立てると晩年の句集名にふさわしいものと思い定めた。

昭和三十八年、郷土八戸を出て横浜に転居したが、京浜で初めて句会を囲ませていただいたのが横浜寒雷句会であった。当時は、古沢太穂、赤城さかえ、田川飛旅子、和知喜八氏らが指導されていた。

句会にも馴染んだころ、さかえ氏が逝去された。(昭和四十二年五月十六日)葬儀の日、市の洋光台団地の集会所から柩を担ぎ、斎場では楸邨夫妻や櫻井博道、中拓夫氏らと共に骨揚げをさせていただいた。寒雷の全国大会では横浜衆のみんなと肩を組んで歌を唄われるなど気さくな人だった。

彼の頃から半世紀が過ぎたが、御指導をいただいた先輩方はみな亡く、自分も老いた。「会者定離」「生者必滅」の仏語が身に沁みる齢である。

自分の俳句は「つぶやき俳句」である。日々の中の思い、感動のつぶやきを掬い取って句にしてきた。つぶやきは生きた証であり、己れの本音である。「己れの根っこで詠め」と話された師楸邨に応えられたものであれば幸いである。本集の上梓を楸邨忌の七月三日とさせていただいた。

一集を上梓するにあたって、本阿弥書店の黒部隆洋氏をはじめ、関係各位のご尽力をいただいた。ここに記して厚く御礼申し上げる。

令和五年五月

田村　正義

著者略歴

田村正義（たむら・まさよし）

昭和13年12月24日	青森県八戸市生まれ
昭和34年～42年	「北鈴」（昭和37年北鈴賞受賞）
昭和36年～平成30年	「寒雷」（昭和41年暖響賞受賞） （平成16年寒雷賞受賞）
昭和37年～41年	「暖鳥」（昭和39年暖鳥賞受賞）
昭和38年	八戸市より横浜市へ転居
昭和61年	横浜市より八戸市へ帰郷
昭和62年～現在	「薫風」招待作家
昭和63年～現在	現代俳句協会 青森県現代俳句協会（平成22～27年会長）
平成３年～18年	「埠頭」（平成８～11年会長）
平成14年	八戸市文化賞受賞
平成16年	第59回現代俳句協会賞受賞 第一句碑建立（八戸公園）
平成19年～令和２年	現代俳句協会推薦理事
平成23年～29年	現代俳句協会年度作品賞選考委員
平成24年	八戸市文化功労賞受賞
平成30年～現在	「暖響」創刊同人
句　集	『水輪』『玄天』『草煙』

現住所　〒039-1167　青森県八戸市沢里字藤子24-46

句集　流影《りゅうえい》

2023年７月３日発行

定　価：3080円（本体2800円）⑩

著　者　田村　正義

発行者　奥田　洋子

発行所　本阿弥《ほんあみ》書店

東京都千代田区神田猿楽町2-1-8　三恵ビル　〒101-0064

電話　03(3294)7068(代)　　振替　00100-5-164430

印刷・製本　日本ハイコム株式会社

ISBN978 4 7768 1648 5 C0092 (3364)　Printed in Japan